第35届
青春诗会诗丛
《诗刊》社／编

靠山而居

漆宇勤 著

南方出版社
海口

图书在版编目（ＣＩＰ）数据

靠山而居 / 漆宇勤著 . -- 海口：南方出版社，
2019.8（2019.10 重印）

（第 35 届青春诗会诗丛）

ISBN 978-7-5501-5573-2

Ⅰ . ①靠… Ⅱ . ①漆… Ⅲ . ①诗集 - 中国 - 当代
Ⅳ . ① I227

中国版本图书馆 CIP 数据核字 (2019) 第 157218 号

靠山而居

漆宇勤 著

责任编辑：高　皓
特约编辑：彭　敏
装帧设计：史家昌

出版发行：南方出版社
地　　址：海南省海口市和平大道 70 号
邮　　编：570208
电　　话：0898-66160822
传　　真：0898-66160830
经　　销：全国新华书店
印　　刷：阳谷毕升印务有限公司
版　　次：2019 年 8 月第 1 版
印　　次：2019 年 10 月第 2 次印刷
开　　本：787mm×1092mm　1/32
印　　张：5
字　　数：128 千字
定　　价：40.00 元

目录

CONTENTS

如果蜗牛会说话

异乡的草木种在北方的花园
赣西的夏雨落在京城的土地
我怀疑雨后散步的蜗牛也并非土生土长
石头斜径上盖满九千栋精致安稳的小房子

又想起十八年前的夏天
我们踩着铁轨从校园出发进萍乡城
那一天小小的青蛙密密麻麻趴满枕木
一路上脚下啪啪的声音让人胆战心惊

所有赖以为命的依凭：伪装色，坚硬的壳，众多的牙
在蛮不讲理或漫不经心的一脚
碾压下，一辈子就这么溃不成军——
更多远道而来者，羡慕腹足纲动物有着自己的壳

如果蜗牛会说话
全都操着遥远乡村的口音

纸片人

你在这车水马龙的城市
纸片一般地活着：
那么轻，那么薄
怕水，怕火
怕一阵流言吹起的微风

这也是很好的事情
单薄的身体在夹缝里游刃有余
错过一切兵荒马乱和酒绿灯红
千万小心
这卑微的肉身经不起小小的磕碰

一束干花

大簇大簇的花朵
在结果的半途而废
你从商贩的手中接过了她

茶案上一束干花低着头
她干燥的嘴唇和喉咙
说不出话，说不出真相
说不出开花结果的理想
只张着嘴，做出呼喊的姿势

七环初成

老人如履薄冰地在叮嘱中上地铁
畏手畏脚地在拥挤中上公交
提心吊胆地在幻想中穿过地下通道
这城市真大，真陌生
满大街吃肉吃素的人都不养猪也不种菜

昨夜新闻里告示七环正式闭合
在两个小时地铁之外住着的男人
小心翼翼遮住按揭房外村委会的告示
只想告诉父母北京城的繁华
生怕老人满心的欢喜一不注意就被走丢

在斑马线上活着

不止你，每一个人都在斑马线上活着
无边车流里狼奔豕突
我们忽略尾气，忽略刺耳的鸣笛
看见永无停歇的车轮飞速而来
似乎下一秒钟就将冲撞至肉身

行走者或停驻者小心翼翼却无能为力
每一个时刻都觉得自己的渺小和脆弱
茫然四顾的人保持茫然
洪流中，只能在这飘摇的小岛栖身
依靠不设防的斑马线找一丁点安全感

斑马线上活着的人们，没有一个活得容易
亲爱的，我们活着的每一分钟唯一能做的
只能是无望地期待，那命运的车轮
放慢一些，再放慢一些，守规矩，及时刹车
不要冲撞到斑马线上那可怜的一部分

哭着吃饭的人

饭煮生了，你扒拉沙子一般应付着碗筷
用力吹鼓着声道却最终咽喉梗阻
狠狠地停下来，坐在餐桌前吃饭
只吞咽半口便被哽噎得泪水直流

沉闷到后来便左思右想胡思乱想
胡思乱想到后来便凝噎低哭号啕大哭
哭着吃饭的人，嫌夜色不够深力气不够大
突然想将一整天的身心俱疲狠狠地吞咽下去

乡村里的餐桌上见证了太多悲泣的人
城市里的餐桌上见证了太多伤心的人
这世界有那么多的累和争吵
值得一碗米饭合着哭泣独自难过

一个哭着吃饭的人
越想越委屈越哭越拳头紧攥。想要
将生活或者生活里的某个人砸出窟窿
然后收拾碗筷上床。明天平静上班

苔藓般活着

现在，我不关心前后进退
只关心善恶美丑
关心一日三餐温软的程度
这岁月的沟壑比什么都深
初冬的雨水打在庞大的建筑身上
大理石有一片湿润有一片干爽
斑驳的色块如同高楼内身不由己的人
脸上一块儿红一块儿白
谁在沐猴而冠，谁在抵抗内心蹉跎

谁在对夜间的自己下刀子
谁在苔藓般顽强而真诚地活着

拔油菜蔸的刘桂兰

油菜收割后
留下低矮的残茬
刘桂兰弯下腰
她必须赶在耕牛之前
将那些参差的油菜蔸清除

十年前男人出事后
刘桂兰就迅速成为一把庄稼好手
她努力将儿子的身高一年年缓慢拔高
现在又在努力将那些油菜蔸拔离泥土
这个重复的动作让双手很快出现水泡
透出钻心的疼

拔第一畦的时候
她想起即将栽植的水稻
脸上漾出光芒

拔第二畦的时候
她想到此前此后的生活
渐渐溢出汗珠

拔第三畦的时候

她想到了死去的男人
很快泛成暗色

拔第四畦的时候
她想到了儿子
突然筋疲力尽

天很快暗了下来
因为想到儿子而终于绝望的刘桂兰
一屁股坐在了田埂

喝酒的女人

她在烦躁的时候喝酒
快乐的时候喝酒
失败的时候和成功的时候喝酒
她总是抱怨被人坑蒙或伤害
不时痛下决心：身体已被严重戕害
偶尔也为小小的幸福表达欢喜
坚持在凌晨两点入睡
每一个夜晚都充满空洞
（或空洞中真实的内心）
清醒的时候也会声讨酒的罪恶
但更多的时候，她更喜欢云颠之上
头晕目眩的快感
这是多么真实和幸福的人儿
活在自己的世界里
让每一个旁观者无比羡慕

找

春节里，一群母鸡在满村子找一只公鸡
找曾经为自己抵御外敌土里刨食的伙伴
仓惶的她们找不到他
找不到餐桌上遗留的一小堆骨头

有人将这一群找公鸡的母鸡迅速驱散
生怕被母女相依为命的邻居看到

收拾残局的人

在乡间的民俗里
一场长久的送别
需要有人挖墓，有人抬棺，有人吹打鼓乐
这是收拾残局的人

一个人告别村子里所有的人
也留下未解之谜，待偿之债
待耕种的土地和穿堂入室的风
珍贵的几十年被写得如此仓促，潦草而糟糕

我在城市的罅隙里也看见许多人
为一场买卖焦头烂额地挽救局面
为某个目标左支右绌地救火突围
他们事成之后洋洋自得的吹嘘
都高不过我乡村里收拾残局的那些人
都不能被冠以这个深情的称呼

扎纸屋

他为村子里所有上路的人准备衣住行
行路的轿、居住的屋，御黄泉之冷的衣物
他小心翼翼做好这些。至于吃的，他不负责

这民俗里迷信的慰藉是亲人最后的温柔
纸做的幡盖切合祭祀的礼仪
他颤抖着手为两个儿子一个女儿一个孙子扎过纸屋

这个乡间的纸马匠为多少脱逃的人备好细节
如今他九十三岁，在过去的时日里
亲手为诸多穷人富人男人女人盖好过地下的房屋

现在轮到他自己上路了
他没有来得及为自己准备好行路的纸轿
以及居住的纸屋，御黄泉之冷的纸衣物

凿石碑的人

手持铁锤的人用出大力气
在石头上写下一长串人名
凿子下死去的石头重生为碑石
每一个文字和笔划都那么用力、那么深入
他不能不这么认真——比写书法更认真
因为他总怀疑
有一天泥土下面的人会爬出来
绕到前方看着石头上自己的名字
严肃地思考、比对、检查刻刀的用力程度

只有一次，刻石碑的人想要重拾凿子
此时他已经七十九岁，想为自己刻一个浅名字
一锤下去，凿子却轻飘飘地将石头洞穿
并将石碑旁一个黑褐色瓦瓮撞破
这凿了一辈子石碑的人
终究没能完成最后一件完美的作品

致悼词的人

从大堆近义词中选择足够合适的那几个
从常用的表情中选择固定的那一个
他认真，肃穆，将几年才操练一回的任务
当成无比重要的事业。咬得字正腔圆
似乎念出的每一段话都不是给生者听
而是为另一头的朋友、部属或老领导
打扮光鲜，收拾残局，做好世间最后一件事

世间的死亡在冬天最为密集

这世间的死亡
在冬天里最为密集
紧随其后的春风吹得太美
有人只能抱憾，不能再看下一次
不能从容等来下一个春天
仿佛美好的事物都是吝啬的
仿佛寒冷与相思真可以催人衰老

启 程

这一场没有归程的远行来得突然
一个九十三岁的老人不经过挣扎
也尚未准备行装就遽然上路
放得下的放不下的，都来不及表达

也许你并不同意这一说法，恰相反：
突如其来却正是从容之状
他活得已经足够长，九十三年的时间
足以让他提前收拾好行装
将该带的该留的——安放妥当
只等一场多年不见的雪，等一次召唤
就可以安详启程

守 灵

我叫你祖父，你不应
像活着的时候一样目明耳不聪
保持静谧，保持幽暗，保持你的安稳
已是凌晨的时光
过了这小半夜，再没有谁陪你
出丧的仪帐白天已准备妥当
只等天明，早餐过后将儿孙们共同的长辈
送往荒山
而我牢牢守着这仅存的夜晚
不言语，不闭眼，保持香烛不灭
生怕错过一个临行者遗漏的半句话

做孙子

安顿好外祖母的后事
兵荒马乱的呜咽各归其位
这大半个夜晚耗在奔忙的路上
在回程，凌晨一点的郊区
错身而过的陌生汽车数出十五辆
它们同样疲惫和慌忙，半夜里各怀心事
这世间如此多的悲凉，深夜的时光里
还有十五个人与我同样在做孙子

一夜之后

这老人目花耳聋，被子孙拥到二楼
懵懂地睡下
楼下哭咽伴着纸钱
清早里醒来，九十一岁的老人满屋子找
挤满厅堂的年轻面孔他已不认识几个
他失忆、无语，反应迟钝，诸事糊涂
但同床而睡七十年的那个女人不见了
他记得无比执著，仿佛挖地三尺也要找出来
昨日邻居送来两个粽子
他坚持留了一个，并不记得要留给谁吃
在另屋而设的灵堂里
忘掉一切的老人终于认清楚祭台上的相片
抱着桌腿席地痛哭出声

冷

送别的人害怕已冰冷的人更加冰冷
儿子小心翼翼地将寿衣穿暖
再给紧闭双眼的老父亲换上
这细小的体温微弱得让人手足无措
可是十二月的风它那么大
轻而易举将微弱的体温吹跑
这赶也赶不跑的冰冷
冷得一屋子人号啕大哭

忘 记

九十三岁的老人忘了一切
忘了孙子和外孙女的名字
邻居路过时打招呼
失聪的老人只记得双手乱摆
"电影画面般奇怪，我记不起脸上堆笑的人们
只看见他们对着我说话却不发出声音"
更多人的模样更多的事情都被忘记
年老像一阵风，将生活吹得干干净净
只有秋收后晒谷的农具倒在坪地
健忘的老人迅速拾起，熟练地翻谷子
他还记得要帮儿子做点事情

瓮

每一位外婆都曾有一个神秘的瓦瓮
圆口，大肚，深不见底
藏在柜子里昏暗的角落
总能掏出一个孩子永不忘怀的香甜

就像每一位外婆都曾有一双温暖的手
粗糙，稳重，阔大
摸着孩子的额头或冬天的脸颊

如今这双手已不那么温暖
它执意往你嘴里塞糖果
却殷勤地塞到你的鼻孔

你看着老眼昏花的亲人，酝酿一声咳嗽
你看着屋外亲手种下的果树，秋叶所剩无几
你也给自己准备好了一个神秘的瓦瓮
圆口，大肚，深不见底

这世间的亲人所剩无几

生来没有赶得上见过祖母
没有赶得上见过姑姑
九岁那年父亲死去
此后天空色彩截然不同

中途风景一路不变
失去一个堂兄与叔伯
近年祖父死于九十三岁
外婆死于九十

更早的时候，月亮形神单薄
而草木河流死于春天的工厂
星星死于尘灰和二十四小时的灯光
这些都是我在世间所剩无几的牵挂

没关系，死去的人都留下了名字
死去的草木都留下了种子
在咬牙切齿的生活里
我只陪着这世间所剩无几的亲人
播谷栽花，将失去的一切重新种出来

清 明

要允许今人与前人和解
允许四月东风的暖与泥土之下的冷和解
赣西乡村的深处，冬至、除夕、清明
三个时间打开同一座荒山寂寞的怀抱
让袅袅的烟与袅袅的雨雾纠缠

昨夜你酝酿踏青留影和坟前插花的姿势
今天你在祠堂里等待分发族谱
等待探寻一个姓氏的源头与密码
这春天里的每一个节令都有无数种可能
像云聚云散中草木明晦，鹧鸪啼虫蚕鸣

清明如刀子，映照将枯的草木融入旧时光
思念从来只一小段，路过就路过了
让活着的人为自己的未来感觉恐慌
一丝不苟于仪式者心存念想：后人待我
定将如同今日我待先人

清明的杂木总也清理不干净

六月里和父亲去玩泥巴
他将黄土揉成泥再烧成砖
一百座房子的墙壁因此砌成
一个小家庭的生活因此维系

后来一场大雨揉捏我们
它的力气粗暴又擅于偷袭
一个男人从此住在黄土里安静
一个男孩从此恨上冰冷的荒野

三十年过去我不敢与天较劲
原谅我的孱弱，每年清明天气都寒冷
放肆长在你宅子门前和房顶的杂木
我一次次砍伐却总也清理不干净

我看着这没有父母的草木扎进深处
穿过泥土的部分应该已与你纠缠不清
锄头与刀子，不自觉便落在了别处
仿佛怕一次震颤惊扰金黄的骨头

口　味

我已经在这里生活许久的时光
爱吃肉，偏辣，口味始终不变
最喜欢的丝瓜必须切成丝
餐馆里通行的丝瓜片我不吃
在小城里生活十五年
还保有着某个村庄的味道
只有如此，只有牢记着母亲厨房里的油盐味
才可以在一场逃亡中
随时将自己的来路说得清楚

读 诗

有人写父母离去：两扇门先后关上
故乡开始闭门、隐身、尘封
夜来读诗的人读到此处突觉悚然
焚香祷告：父亲和母亲一定要活得
足够长，足够老。那样我老来
才可回老家，住老屋
捡拾年轻时在龙背岭
留下的老旧的影子
这世间的亲人、邻里，幼时
种下的树
才不陌生，不荒凉
我才不会回故乡如异乡

旧 居

三百年过后
离开土地的树木依旧强大
以拱柱的名义举起一座屋顶
遮蔽满城风雨和星光

只有九月不会老去
一个人名被改得面目全非又重新描绘
停止开枝散叶的木梁看着这一切
并不参与对错的选择判断
它只心疼当年门梁下纤弱的垂髫少年
像年老的保姆心疼被严父鞭笞的孩童

鱼

站在屋檐下躲雨的人
请帮我将外面看清楚一些
这突如其来的暴雨带着风
肯定会有哪里不对劲

穿过透亮的雨水之幕
会飞的鲤鱼正在村子里飞翔
它们首尾相连，顺着风从池塘里
飞向远处水量充沛的河流

屋檐外视力绝佳的人告诉我
其中也有一些飞落到了另一个池塘
这真是五月里不幸的事情
会飞的鲤鱼浪费了它仅有的迁徙

在我长久居住的乡村里
鲤鱼是唯一懂得飞翔的鱼类
剩下的动物，只能怀揣拥挤的理想
等待成为过江之鲫

蔬菜流着血

桃树的血液凝固成胶状
橡树的血液保持乳白色
松木的血液是油脂流淌

隔着一个夜晚
进城的生菜流着铁锈般褐红的血
刀砍茎梗的伤口上凝覆着薄薄一层
让一个惯于农耕的年轻人暗自心惊

你深信草木菜蔬都是坚强的
被掐梢的白菜与蒜条再次冒尖
你今天才知道生菜的血液与自己相近
从此,伸出筷子往餐桌上夹菜的手
力气都似乎小了一些

临睡之前,你又想起了后山的刀子
尖锐地伸向马尾松、白菜和芥蓝
它们流着汁液,并不发出尖叫

无所不在的茅

三十六年，终于确知你的名姓
茅，丝茅，白茅，比一切野草都卑微
现在我知道泛银光的夕阳不应该称为芒花
它叫茅针。谷荻的后半生。茶。
这世界真苦也真冷
生生不息的根茎等待一场火
在三十种火的品类中，我只要野火
一切交给自然主义

无所不在的茅区别于荻，于芦，于芒
在泥土下的那一部分是药材也是
乏味的童年难得的一次甘甜咀嚼
回忆终于不再那么色味匮乏
西风里，细小的头颅瑟缩了几下

暮色将临

这空旷的房间关着窗
我担心会窒息一个肺活量太大的人
透过坚硬的玻璃远望
行道树的秋色真美，像城里的亲戚
同样的润泽和金黄，总觉得还隔着些什么

初冬的雨天若关上灯
整个人间便没入黑暗之中
方正的建筑隐约欲化
另一些建筑在灯带的勾画下轮廓明显
而房间里用力呼吸的人只盯着远山不转眼

山上的草木太多太厚
似乎要将整座山给压塌了
在遥远的北京城，我看见公交车上
疼爱孙子的老人将座位捧给孙子
然后等待别人的孙子给自己让座

暗 藏

穿黑衣走在深夜街道上的人
像误入敌国领土的国王
像闯入凶杀现场的老实人
他多么手足无措小心翼翼

有无数双眼睛在看着他
像白天的人们也被暗藏的眼睛看着

繁茂的草木深处蕴藏着多么丰富的死亡：
腐草、虫蚁拖拽的其他虫蚁、杂食动物的食物
当然也有无边的生命：
腐草之上的菌菇、虫蚁、小兽

这世界上最精彩的部分
都在没人看见的地方。它们却在看着我们

另一棵树

柔光落在树叶背面便成了叶片的一部分
冬天若下雨，一棵树便成了另一棵树
你认不出它。认不出每一片叶子的姓氏

图册真浅也真薄，只记录一次眨眼
更多的美丑妍媸都被忽略，被放过
另一棵树对着你翻陌生的白眼

在一阵一阵的晚风里
每一种事物似乎都忘记了本来面目
成了另外一棵树，另外一种事物

我 执

我执黑白
谋篇布局一小片江山
我执日晷
指点丈量一小片时光
我执自己的想法
执自己的手脚唇齿
说出让开口者万劫不复的真相
这是我执意如此。执意
踩着碎玻璃寻隐藏处的某个物品

一　周

到看守所见一个熟人
到法庭上陪一个熟人
到火葬场送一个熟人
一周的时间耗掉这三天之后
赶紧跑回老家
亲手摸一摸孩童时种下的几个朋友
——它们张开叶子拥抱我
一切按部就班，没有发生什么意外

太阳下晒影子

在泥土地上站着，晾晒——
自己的影子
它已跟随我三十六年并将继续跟随
它随着我蹒跚学步跌倒又爬起
我可以拍拍衣袖拧干泥水而影子不能
这么多年过去，我的影子已沉重无比
那些戾气怨气小脾气
那些伤心痛心虚荣心
使它在太阳底下歪斜，膨大，稀薄
是时候进行一次凝洗

在上午的阳光下站着，晾晒——
自己的影子
先将它三十六年沾染的水分晒干：
吞下的泪水，沾上的露水，染上的泥水
再将它三十六年收藏的阴冷晒干
这生活里积郁的阴和冷让人行动凝滞
然后将这些年听过的故事、经历的人事晒干：
"我想要一丁点糖——我的努力理应得到它"
"各凭本事吧——阴暗的手段也是一种本事"
"为什么这世界与古人教导的不一样……"
"为什么纯洁的云彩总往淤泥里陷入……"

晒干这一切，晒干记忆和思想
最后，我们将它一路随手采摘的物事晒干
晒干二十岁时的一朵花，二十六岁时的奖赏
晒干获取的文字、金子，怀揣的情感、心事
还有日常生活里不得不背负的重

现在，临近正午
我的影子终于越来越小越来越近
即将浓缩回到我的身体里面
与真正的我合二为一

另一个自己

衣衫上沾着狼嚎、月光、美人香
清晨回来，夜色的气息多么白
昨夜你又不安分，不听我的话
独自翻墙而出，越过荒野
越过黑松林和狼群，月影和小楼佳人
将春天夜幕里活跃的生命秘密带回来
顺便也将神话里星辰的微芒带了回来
作为另一个自己，你背离了我的要求
趁着夜晚独自偷偷做了很多事情
我喜欢你这样

安 排

安排一块石头长出青苔
另一块硌在蘑菇的伞下

你潜入湿地的边缘
细细辨认菖蒲、芦苇以及其他种种植物

初夏的口唇生香源于即将谢幕的草莓
万事万物都已经安排妥帖

我们只在千年桐下走过
无需关心肩上桐花簌簌地落

像草木一样顺从着节令就好
所有汗水最终也将汇入河流不为人知

活得比时间更长久的人

有一天我走进八月的葡萄园
发现饱满甜蜜的葡萄发出叽叽喳喳的叫声
再密实的鸟网也挡不住它们
这甜美的浆果比死亡更具有致命的诱惑

黄蜂有时也给我尖锐的疼
细腰蜂偶尔也可见到
我想要种植的是甜美
而不是村庄里一阵浑浊的风

大多数故事里都是事与愿违
母亲已看过太多世事而我还没有
听风的人并不跟着风跑
活得过时间者从不与时间斤斤计较

曾经一切那么大

过去一切都那么大
八百里身长的巨兽
人类居住于一个生物腹背
一展翅鲲鹏就万里……
现在它们都到哪里去了
神话最早并不被作为神话
之后才是。再之后神话已死
庞大的天空在时间里渐次缩小
终无力承载一次巨大的飞翔

曾经一切都那么大
一个人的心也是如此：
奔跑起来追上西沉之日
找小小的葫芦装下五岳三山
现在的竹林风都不如魏晋时深沉
梦想最早并不被作为梦想
之后才是。再之后梦想已死
庞大的光明在生活里渐次收缩
终无力照亮一次漫长的追逐

拍 打

一个农民恨铁不成钢
止步于孩子的哭声然后又
痛恨自己在辅导班收费处的犹疑

一个依靠父亲养活但又叛逆的
中学生。在他人眼光里已无可救药

独自一人的房间内打死一只蚊子
流出的血都是自己的
带着我完整的DNA

潜 行

患咳嗽的枇杷树
献出四月的温润
此时芭蕉早已从土里长出来
美人蕉从心的幽深处抽出花枝

爱着你的人在旱地里行舟
我对熟悉的一切突然有了兴趣
将整个大地当成一匹马
骑着它，不走远了

傍晚时分一觉醒来，这一睡太久
不知道现在是哪种动物的时代
我耽于黑暗中的温暖
错过了三叠纪侏罗纪白垩纪第三第四纪

现在我是大雪天的白鹭
你如何将白从白里找出来
如果我不再深爱着这人间草木
就会随着春雪化去，往泥土深处潜行

月 下

我们不说人间破事
十一个天南海北的名字
在夜色里就越来越干净

干燥的黄土高坡上
写诗的人用酒水滋润月亮
喝着喝着，月亮也被喝得更白

喝到最后有一半的人下落不明
剩下唯一一个不喝酒的人
坐在石凳上思量一去不返的时光——
这么多说过的话下落不明
这么多潮湿的夕阳下落不明
这么多曾经爱过的人下落不明
剩下来路和去路，一定要牢牢记住

向江南致敬
——兼致方石英

七月的急雨来得快去得也快
我翻字典，找一个相同的词汇来留住点什么
最后找到共有的江南：
三月萌动之美，五月蓬勃之美，隐藏起来的诗意
也不忘苏杭，也不忘安源
神秘有神秘的好，江南有江南的美
而醉酒与不醉，同等重要
都表达互文般的致敬

不邀运河里的圆月同饮
慢车道上都是有轨电车在行驶
舀一碗江南浇透金箔之书再捂热
它永不腐烂便永不进入殿堂
今夜我又想起故人
乘舟过萍水、入洞庭，沿着长江不停留
到了西湖我便拥有了向江南致敬的资格
所有的君子之交都被南方的雨水记住

消 失

奔赴大湖，大海，最终的归宿
途中消失的那些水流
一部分上天，一部分入地
一部分喂养沿途草木的血管
反正都成了天地的一部分

奔赴成功、富贵，终点的死亡
途中消失的那些人们
一部分得意，一部分失意
一部分迷失在五光十色之中
反正都属于红尘的一部分

只有幸福，几千年模样变幻
人口田土的搭配永不消失

不 够

时间总是不够
不够写字，交友，工作
生命总是不够
不够生病，领奖，发呆
这世间的爱情最是不够
不够认真地爱完一个人
秋天的水面就已经澄澈平静

风信子

依旧是这样子：养没有土的花，睡不做梦的觉
猜测每一株风信子开花后的颜色
你担心它们关涉光阴里的爱恨欢喜
担心它们预言一片孤独的春天
富贵竹，水仙，球兰，绿萝，风信子
你最喜欢这个名字，仿佛签约了一场信风
仿佛时间不曾老去
养花十五年的人依旧是那个干净的少年

不醉不休

需要多么巨大的仇恨才能将两个人拉到一张桌上喝酒
两个深仇大恨的人在一张桌上喝酒
喝得情深意切，不醉不休
他们表白友情的话语穿过整个小镇的半边街道
仿佛每一个音节都已经举世瞩目

谁杀死了一条河流

谁杀死了一条河流
并让一个惯于熟睡的村庄失眠于喧嚣
被称作野鸭和鸳鸯的水禽找不到归路
谁让一段水草招摇的溪流变成蚂蟥河
现在已只有密集的蚂蟥能逍遥活着
水禽和水禽的食物都不能
沿着三十年前、二十年前的时光溯溪
水流之下沙子就是沙子，与淤泥绝不混杂
多少人同时饮水才能将两米深的河流变成半米
多少人洗刷衣物才能将透亮的水洗成灰白

谁杀死了我的村庄
连同河岸边人与人的亲密和邻里之情
裸露的泥土也曾如此干净
出痘的人所食肉类必先经黄土洗过
烂脚的人只要一遍遍在黄泥里涤荡
不要回到唐，不要回到元，不要回到清
转身向二十年前的夜晚行进就够了
那时我的村庄依旧清脆而明亮
饶恕我此刻的倔强，我要保留很小一块土地
种植青葱的植物和蚱蜢低沉的呻吟

向南，向北

沿着铁轨一路过去，一些人向南一些人向北
没关系，我们看到同样的事物：
波澜，杂草，荆棘，自顾自开着的野花
在更远更狭小之处才是——水稻，麦子，玉米
种植果腹之粮的土地是少数
在两个山峰一片水洼的边角苟延残喘
更多的土地用来养活十万种虫蚁，鸟兽，鱼虾
这真是奇怪的事情，我们对万事万物赶尽杀绝
到后来，人类的生存之所
依旧不过是众多生命牙缝里留出的一点碎片

抵 达

山并不停留在那里，山在长高，长大
山在拒绝一个孱弱者抵达
城市并不停留在那里，城市在变深，变硬
城市在拒绝一个外来者抵达
只有我的乡村依旧欢迎着你
它好客，热情，允许你与小兽争夺粮食
允许你在一块土地里刨出心满意足的芬芳
但你并不能抵达我的村子
任何一个不在一个村子里生活一辈子的人
都不能完全了解一个村子和它的九十棵古树
不能抵达预设中的梦乡

在坚硬的生活里种植

他们告诉我在偶尔坍塌的混凝土块上
种植春天里开花秋天里结果的草木
就有可能繁殖出柔软或温暖的泥土
让一个在丛林里疲于奔命者歇歇脚

请原谅一个人对这世界格格不入
或内心的寸步不让
他始终不能走出童年里绿色的幻想
在城市里学会水泥般的硬心肠

我曾经偷偷喜欢过很多事物：
读过的书，久不落下的夕阳
春风里长发的女子。我牵着她小手
在坚硬的生活中种植那些
春天里开花秋天里结果的草木

种红薯的株距行距

种植是神圣又随意的
手中持有的红薯苗多一些
往垄沟里放苗便更密集
若在农事的尾声处秧苗不够
种出的红薯每行便稀疏三五株
这生命的行距与株距
并不那么明显

红薯易活，口耳相传里株距一尺
而薯苗只需剪下，并无需根茎
埋进土里苗梗便生根发芽
在山坡上的一垄新居里
兄弟们，挤一挤便多出一家人
而空出来的小半行
只是意外，只是杂草预订的荒凉

养 蚕

只养六条蚕，六条就够了
两条用于制衣抵挡冷漠
两条用于入药涤洗尘埃
另外两条专司繁衍
让唐汉的蚕桑气息生生不息
我喂它以桑，鲜嫩或苍老的叶
如同千年以前一模一样
经历了这么多的时间和事件
我终于学会了慢下来
笨拙地爬上桑树，向它借一些粮食
一丝不苟地喂养几条柔软的虫子
等待它们冰冷的身躯慢慢长大
渐渐雪白而透明
等待它们张开嘴唇
吐出细而软的丝埋葬自己
只养六条蚕我就可以直接回到唐朝
在夜里，我听见六条春蚕沙沙作响
将绿色叶子大口大口地吞进身子
下雨的时候，我甚至幻想过一次纺织
在沙漠还没有将整个世界连成一片之前
赶紧给自己裁制一件衣裳用于抵抗坚硬
我看着六条蚕虫从小到大最终成为茧

几千年的流程一点都没有变化
甚至连仰头蚕食桑叶的姿势都完全一样
只有养蚕人，内心渐渐融化
在夜里找到唯一的救赎之路

不转弯的河流自己都怕

一条萍水河转了六十九个弯
作为一片土地的哺育者
她不愿意走太快，累了就歇一歇
哪一个角落都是她的家，或儿女的家
后来她读地理，读水文资料
发现一条河流从不走直路
一条河流需要一些弯道来缓冲
一些水湾来沉淀
将顺流带来的泥沙杂物放下一部分
以更加轻松、洁净的面目奔赴远方
一条河流也害怕，一路直流而下
水流越来越重、越来越快
加速度下收不住脚步的浑浊之水
连一条河流自己都害怕

这黄昏多么疲惫

这么多的人在城市里讨生活
晚归途中看见熙攘的人群和车辆
让这个黄昏越来越浓
凝滞成泥浆里一群精疲力尽的鱼

没有谁可以与一座黄昏的城市比疲惫
没有谁比在梦想里扑腾着
飞翔了一整天的翅膀更沉重
道路两旁灯光都是黯黄而无力的

南昌城这一匹无比暴躁的巨兽
急切地想在天黑前找到一个洞穴安歇
没有谁知道
这庞然大物也会在寒冷和黑暗里感到不安

旁观者

1

戴过世间最多的
戒指，项链，玉镯。金子和钻石
她的脸在灯光下也闪着珠宝的芒

站在对面的男人已经标注所有权
老男人，青年人，肥胖，秃顶，明星般耐看
都属于另外的女人

这世界如此贵重
仿佛微笑都要精准到十分之一克地称重
一个男人买下了女人的心

卖珠宝的女子年轻，美而善良
看着玻璃柜下的物品一件件找到归宿
像每一颗纯度百分百的钉子都找到相匹配的纯真

世间的人和人都各得其所
好几次，这个阅人无数的旁观者
忍住没有按下藏在柜台侧面的匪警按钮

2

屋子里守着大堆大堆的钱
工作三个月的青年就习惯于此，抱枪而眠一夜安睡
清早醒来，三十岁的老李缓慢适应屋外的阳光
菜市场讨价还价两块三毛钱，顺路将菜买回家
他从来没有想过，要朝着生活狠狠开一枪

柜台里码着小札小札的钱
工作两年的少女整日不敢放松，正襟危坐无比紧张
傍晚下班，三十岁的小唐僵硬的肩颈劈啪作响
饰品店里精挑细选将闪亮发卡搭配成一整套
她从来不知道，柜台内那一抽屉能够换成多少发卡

更多人在信贷、客户、授信隐约的门牌后算数
日常交谈里用个位数和十位数再加一个小数点
心照不宣地省略了千万元这个后缀单元
只有一个保持零距离的旁观者清楚——
这世间的纸币真多

这世间的财富堆积如山
他们看着。敲打数字标注存贷变换
一个铁箱装满一百沓，搬来搬去就好
并不幻想有一天自己拥有池水中的一大盆
也不去算计多少年的青春能装满其中一箱

3

疼痛是可以量化的，九级，十级，或轻微一些
伤残也可以量化，一级，二级，轻微或重度
失血的数量还是可以量化，体温更如此
精准的仪器再配上一些术语
一个人的病痛便可以得出判断

已经见过太多可怕的病和伤
见过满地打滚的人，咬断牙齿的人
恐惧号叫的人，脸如死灰的人
挣扎的人，等死的人，以钱买命的人
作为一个疗治病痛者，他也在旁观病痛

紧张的神经再紧张不起来
廉价的安慰再廉价不起来
必须将所有细节严肃地讲在最前面
对受伤的人病重的人贫困的人表达关心
转过身，才可以笑着谈论下班后的喜剧电影

4

为无主的尸身安排入殓
也为有主的亲人安排入殓
作为一个旁观悲伤者
小心翼翼地掩藏着工作履历栏

他每天生活在哭泣之中
呼吸的每一口空气里都充满着
一大片父母、夫妻、子孙怆然的悲伤

那些面对俗世无奈的哭，面对内心真诚的哭
那些强装的悲伤，平静的悲伤，刻骨的悲伤
没有谁比他们看得更多更深更清楚
作为一个旁观悲伤者
只是按部就班将一个人的后事安排妥当
而廊道里悼念厅里草坪里弥漫的
哭喊悲伤
是生命中多出来却又必需的一部分

5

你看见一切都是
热的！
人们的笑脸，一纸文件的重
一句话说出口，半个世界都等待安排
等待坐在黑色轿车或高大转椅上的那个人
吐出轻轻的咳嗽

秘书的秘与密字并不形似，对这老迈的一切
你只在旁边看着，并不见习其中任一个程序
也不就生活发出声音。在画地为牢的码头
身旁那个人就是狱卒。仿佛所有的权势都不放在

眼里。所有的事物都没有什么大不了
纸上的每一行字都是理所当然

6

真想坐下来歇一歇
真想舒展疲惫的手
开着自己的车在马路上跑
而不是作为一颗国际象棋站在十字路口
旁观那些闯红灯的人、横跨马路的人
旁观每一个交通参与者

7

老来才知道寂寞的滋味
养老院里工作的人
随手抓一把空气就可以称出重量

病后的老人并不想家
健康时候在午后温软的阳光里才想
才期待一个同龄的异性来说家常话

孤寡的五保户并不落寞
子女双全凑钱入住的老人才如此
他们时常想起壮年的精彩，记得子女久未来

旁观寂寞的人看着这一切
看着一个强大的人孱弱的傍晚时光
突然对自己的生活有了几分犹疑

8

每天看见善良和年少时光
阳光照在操场是一整份的
张扬在一千个少年的脸上时就均分
你想起自己的童年，那时候的
细节。已模糊不清楚
只有一个教育工作者可以回溯时间
一再穿越自己的小学、中学、大学

传道授业是个端庄的词语
你并不想在端庄里活一辈子
但你只愿在校园里过生活
站在讲台上旁观满屋子的躁动不安
就像将自己的命重新活一遍
穿越曾照耀过人间的每一缕光芒
仿佛自己毕业三十年依旧年少，永不老去

9

他并不种树，不种植任何草木
他并不采摘，不采摘任何果实

作为一个劳动模范

他将自己归入农业界别

或是作为企业管理者

不戴草帽的人，走出办公室到名下的基地

他偶尔旁观一小会儿那些不值钱的农耕劳作

10

他在荒野里刨出路基，浇筑路面

在尘土飞扬的工地吃下三年的灰尘

竣工通车的那一天，站在洁净的护栏外

看着不同的脸庞飞驰而过

他幻想有一天自己也能驾御着四足的动物

到亲手修筑的公路上

恶狠狠地奔驰一次

11

将凌晨四点的黑暗当早餐吃下去

大地上没有隐迹于他人睡梦的道具

失眠者将睡，浅睡者将醒

只有环卫工人的工具密不透风

他一铲一铲地铲除了时间

给数不清的皮鞋留下落脚之地

真好，清运车并不清走零碎的梦

不清走皎白的月光和惨淡的灯光

出卖了自己大半睡眠和力气的人
愿意将另一小半也卖掉
顺便将满身异味一并鬻出
亲爱的，这一小群人不是沙子
是大块大块的竹炭

12

还未死去！还保持小块的呼吸
在偏远的部位活着
擦皮鞋的人将体面者的生活擦得锃亮
像匍匐在脚底的一个影子
有一天也想给自己打点亮油
昂首阔步走过两条街道
路遇那些光鲜的脸庞在傍晚多么灰败
似乎等待有人给他们打上一层蜡
用力地擦一回

13

穿高跟鞋崴脚的女人已过了狼狈瞬间
为孩子的脚尖头疼的父母已不再咆哮
下班途中顺便修补日子的人依旧从容
一点点胶水就可以解决的事情

生活重新变得牢固
修鞋的人给高低不平的世界
破洞的世界硌脚的世界磨损的世界
钉上鞋跟补上鞋底换上鞋面
脚下的路便走得踏实了

忐忑是其他人的事情
一个修鞋者弓着背做事
并不觉得卑微
他戴着老花镜在鞋底扎洞，缝细密的针脚
拿着钉子和胶水，像给千里马钉上马掌
完工之后看一眼腾跃而去的驰骋者
转身坐回昏暗的工作坊继续劳作

14

寒风中双手抱紧霜红的脸
一位母亲对孩子的爱仅限于此
补漏的人都从遥远的地方来
不是一颗种子，没有想过落地生根
面包车上铺开一米宽的双人床
铺开一家人的一日三餐
在陌生的城市找一个角落活下来

都市里的游牧者将生活掰开，修补

修补一切平房、楼房的漏
掰开那些裂缝，填入沥青
填平一户人家水渍的烦恼
在占地为王的领域
你堵住世间无孔不入的漏洞
可是内心中渐渐坍塌巨大的空洞
该拿什么怎么去补

15

安顿哭声，安顿一日三餐
安顿别有用心揣戒心充满诚心的上门吊唁者
至亲的人忙着跪拜和悲伤
操持丧礼的人按部就班安排繁复的礼节

他在这场盛宴之外。有条不紊，算无遗策
这临时客串的岗位
像主持工作的副统帅
一定不要留下遗憾

16

有没有更多关联美好的词：
甜蜜、爱情、牵手和拥抱
洁白的婚纱还要再洁白一点
甜美的笑容还要再甜美一些

给主角最真诚的聚焦
托举灯具和反光板随时跟随
补充光亮：逆光、侧光、顶光
手捧着婚纱的尾巴碎步前行
同时导演更多情节：微笑、依偎、亲密
被幸福的元素重重掩埋
连一件饰物、空洞的背景乐都隐喻美好
关于情感、婚姻，仪式的神圣感
旁观幸福者对幸福烂熟于心

不止一次，以爱情的名义
和现实来一场坚硬的碰撞
找到属于自己的生活之前
在影楼劳作的少年一直幻想
将库房内所有的婚装逐一穿遍
对着镜子给自己化浓妆淡妆素妆
反复练习微笑——向真爱的人
而现实是：美女，帅哥，僵硬的笑
将粗俗的句子反复言说乐此不疲
镜头下他人的情节演绎完成后
旁观幸福者，离幸福越来越近

17

他看见的不是风景
是无味的隔夜茶

香味在一次次的品啜中荡然无存

对每一个细节熟稔于心
用三年时间学会谋生养家的一切手段
有时候也晕车，困于脾气暴躁的客人

有一部分做导游的人只在自己的山里
来来往往。脚步走得并不宽
他也在照片里想象着远方的风景

18

有一天自己的孩子也住上这样的高楼
从十九楼窄小的窗户看楼下离开故土的树……
到最后，他突然被自己的幻想
吓了一跳！

在泥沙凌乱的地板上和衣午睡
他又梦见另一个工地上的儿子：左手持砖，右手砌刀
这城市的每一个细节都与建筑民工的双手相关
但建房子的人并不爱住高楼

疏离感

这世界离我那么远
每一个活着的人喉咙里唱别人的歌
一个旁观者看着另外的人在旁观炫目的美
陌生啊格格不入啊我更愿选择疏离感
这个词语清朗，保有恰如其分的距离
像一个写作者进入不了自己的语言

春风过

春风过，沿着海的那一部分先醒来
沿着江水的诸暨紧随其后
春风吹过宋代的东化城寺塔、明代的小天竺
春风吹过始皇南巡的马蹄声，李斯凿刻碑的铮铮声
浙江，枫桥，古老的基因重新激活
在乡镇发芽的种子过了春天便满园
这小巧的舟船一入水就千舸竞渡
溅起的波涛远远地承接东南方向的风
在远处，更远处，南飞的孔雀也在诸暨停驻
春风过后的枫桥成为远处的"南方"
到南方去，看一个小小的镇子引领潮流
引领四十年来土地上种植金银的传说

春风过，牛仔裤与会唱歌的盒子由南而来
过了诸暨，枫桥的日常起居
现在这里成为新的起点，一个小镇林立着厂房
被更多人仰望。往内陆深处跳跃

花海多么欢畅

大片田地上不再生长庄稼
水稻的故居长满实用主义的花朵
粗粝的大地现在变得真美

秋天过半，拾稻穗的鸟雀肚腹空空
有梦想和力气的人都朝向远方
家园故土每一寸都经过了不止一次碾压

最初的朴素主义一去不返
这土地多么厚实
坦然承受足够多的谎言和粉饰

大片田地上不再生长庄稼
水稻的故居长满实用主义的花朵
粗鄙的大地现在变得真美

承 认

细小的沙土承认参天大树
柔弱的水流承认庞大舟船
我相信这种承认定有意义
定有更深更远处的指向——

除了犁铧和斧头
我不承认一切尖利的发明：
枪炮、弹药，甚至包括大刀
针尖般的心思，以及尖牙利嘴

寂 静

多么难得的寂静
在这喧闹的京畿之地
清早醒来就听见隐约的急救车鸣笛
专门救治大人物的医院与我们共着围墙
倦于翻书的小人物起床到窗前站着
听见啄木鸟在树上笃笃笃地磕着头

撕 裂

封闭的屋子里都是百鬼夜行的声音
越来越浓的黑已被人接受

一只大脚印撕裂这节奏
逆向而行的声音
多么坚定而有力
仿佛一切不过是闲庭信步

戴罪之身

逃脱一场丰富的会议去野外看无聊的雨
你总怀疑，雨下得这么大
池塘深处的鱼，会不会偏头疼
会不会在鼓声里相思
以戴罪之身，迎接你到来
只有野外戴着斗笠的人
认清楚了，这傍晚的雨
怀揣疼痛和锐利
每一粒，都是鸡蛋般大小的冰雹
打得天地间的空荡乒乓作响

暗 烧

只有煤炭的黑无关脏污
它的黑无法成为镜子
照清楚一个人的脸或一群人的鲜明差异
它的黑干净，温暖，深邃
即使是煤渣或者矸石
内部也充满了力量与脾气
很容易就有内火在暗烧
——在一座山的深处
黑到极致便积蓄了足够的阳光
无需谁去点火

缺 牙

缺了门牙的大人在笑
庆祝阴谋的一次胜利
他不知道自己缺了门牙

缺了门牙的孩子在笑
欢呼一个小梦想实现
他不在乎自己缺了门牙

缺了门牙的富豪在笑
等待一颗金牙的就位
喝茶的时候正好多一个炫耀话题

缺了门牙的穷人在笑
进食的时候稍加注意
劳作生活不屑于与一颗门牙计较

缺了门牙的整个世界
发出含混不清各哼其调的声音

夜行记

潜伏的豹子自己制造风声
夜行人在夜里独自清醒
蜷在铁兽的要害处
你与这外在的世界格格不入
遥远的路灯下并无人行走
若不进站你就不来到人间
已经走了这么远，还要再走那么远
夜色里你无须注意何时停何时行
无须关注自己行经何处
没有故事的人只等待天亮后的一次抵达
看着大地黑了下来不动声色

大地黑了下来

籍贯不明的火车穷其一生找存在感
渭南的大地上
每一户人家都是一个光点
我只能看见无边夜色里的微光

从延安坐着火车穿过秦岭
看不见微光背后一个家庭的日常
他们那么小又那么暗淡
仿佛大地黑下来之后就被完全消溶

只有在更远更黑处
矿业公司的发光字那么大
那么闪亮
其他被黑暗吞噬的光点你都看不见

宏大词语

洗天的人开着雾炮车对着天空撒娇
像擦玻璃一样擦洗低处小片的天空
擦掉细微的尘埃，擦掉监测站里的PM2.5
他擦得那么仔细，一整天都只专注于监测站周围
避免将仪表里的数据染成脸上的黑和霾

一个并不宏大的人不关心文件里的城市排名
他只开着雾炮车绕着三公里的区域清洗天空

干净的水从炮口喷出后就是细微的雾
它们升起来在空中飘一小会儿，擦干净一小片的天
之后带着细微的灰尘，以污水的形象落回地上
洗天的人原先开着洒水车洗地
他并不甘愿只洗干净一小块空气里的尘

洗干净

被流放的人便多了一个回望
而流浪的人有更多驿站
洗干净自己就可以返回一个又一个故乡

故乡是个异形的词语
所有木字旁的字，水字旁的字
田字旁的字，都与乡村有着暧昧的关系
随便选取两个都可以组成多音的故乡
只有在这里，在洗干净才能回去的家园
才有水牛一样彪悍的男人
男人一样蓬勃的树木
树木一样葳蕤的雨水和清风

青草更青处

拟声词，虫蚁的三十种鸣叫
象形字，草木的九十种姿态
回到萍乡的乡村
故事里不需要主角
每一个回归者单枪匹马
闯到记忆的最深最初处祭奠

记忆的最深最初处有青草萋萋
有水渠边的红蜻蜓和山坡下的野百合
你赶着五只白鹅去觅食
这便是清早和傍晚的任务了
其他时间你步行两里路去小学
沿途走福田河的堤岸上踏着青草

青草更青处有更多的怀念
割猪草的刀子带着温度
摘草莓的脚步提防蛇类
疯狂于荒草里的孩子
压折蓬蒿茎秆的清香弥漫了整夜的梦
捕捉蚱蜢那是更小时候的事情了
枕着田埂上的柔软可以睡到夕阳将落
……

不可避免地说到龙背岭

说到萍乡，说到故里，说到家
不可避免地就说到了龙背岭
龙背岭上的草木苦于干旱
苦于贫瘠，苦于坟茔密集

说到情感，说到思想，说到爱
不可避免地就说到了龙背岭
龙背岭上的门牌号指向不够明确
用老屋里来代替龙背岭
用人居来代替山岭
这是有着宗族气息的地名

但我更爱着龙背岭
爱着匍匐待飞的一条蛰龙
乡村里滚铁环的少年，链子火药枪的硝烟香
被拆掉一半的老曹门，北海第，苍老的松柏
龙背岭脚下的一大片人家有着共同的喜怒
这里没有老房子，没有可进入文字的建筑
这里有着子承父业的手艺人
在蛰龙飞起前只凭双手的力气和精巧吃饭

只有草木是真诚的

只有草木是真诚的
没有隔膜

父亲和他的父亲
种植庄稼：水稻，农作物
也种植村庄：房子，以及
人与人见面时熟稔的一声招呼
这几百年来祖祖辈辈沿袭下来的交情
是一个村庄存在的唯一理由
连牛羊猫狗都有了亲缘
老树依旧保持老树的绿
孤独多么可怕啊
当整个村子里的人
排队走向尖刻、自私、冷漠、生疏
一个旁观者，感到巨大的悲伤和痛

成语

一个村庄守着农耕三百年
这片土地整体遗忘了成语
只在一个老人最后的热闹里
挑出几个放在悼词中
龙背岭的红土只长果腹的庄稼
并不生长供人赏玩的植物
乡间的夜风只承载有翅膀的萤火虫
不愿意承载任何一个大词

理 由

满荒山的坟茔
只挑墓碑左下角有自己名字的跪拜
上香，奉献纸钱和供品
而名字渐渐模糊的那些
与初秋的草木有着相同的未来
这大地吃掉很多人之后
又在缓慢吃下隆起的土堆
碑石上人名最少的那一部分
二十年不曾被祭扫
最先沉陷到与荒草齐平
等待再次垦荒种植的人

这一次，土地稀缺的男人
下定决心生养第二个儿子

所 见

我看见的炊烟都是微蓝
与你印象中薄雪般的白并不吻合

柴火都取自后山的草木
灶膛上方草木灵魂重回山岭怀抱

烟火老来不忘还乡
归途的袅绕中有着轻盈的孤绝

所有相接近颜色里
只有微蓝，带着灵动和温暖味

仿佛他们青梅竹马
与蓝天白云黛色的山天生匹配

返 回

行至正午，突然就想到了归宿
想到此生的灵魂将如何返回：
从借宿的萍乡城区出发
返回龙背岭，漆家老屋里
返回先祖抵达萍乡安居繁衍的青山铺
再往前是抵达萍乡第一站金山。返回宜丰
南昌。返回陕西，祖先居住之所
一个姓氏的发源地
一个南方人隔着两百代的故里
将这个从萍乡返回的过程反过来
返回去 450 年，1700 年，3100 年
每一次迁徙都可以视为一次追寻
每一次迁徙都让我的返回更旖旎

灌 浆

我是说水稻
说它与夏季有关的一道程序
我看着他先是扬花
然后潜滋暗长于茂盛之中
含一口水或者浆或者其他液体
憋足一口气
然后凝固并迅速颗粒饱满
这一事件与二十四节气关系密切
与父亲早晚一次的伺弄关系密切
这种饱满的过程不可遏制
就像父亲的衰老不可遏制
我看水稻灌浆的时候看得很远
当他还是种子
梦想就开始开花
而灌浆贯穿始终
有些故事无法剪辑
如同水流
缓缓地缓缓地越走越远

异 乡

常年生活在故乡的人虚构出一个异乡
并将自己摆进去活着
活到后来他怎么也不相信泥土的气息
不相信自己在故土寸步未离

二月的风隔着玻璃吹拂绿萝
它们活得多么茂盛而葱茏
易于扎根而无所求者
一小片花盆就是整个大地的疆土

它们长得那么绿，那么汁液丰富
与你的幻想恰好相反
十四楼花盆的腐土就是草木的异乡
或者虚构的故乡

靠山而居

我要找一处地方，萍乡的一小片土地
后面必须有山，前面是平原
东西两侧种植三亩竹木
竹林旁最好有水流婉转
我要建一座房子
安顿余生
在靠山而居的土地上播种小青菜
只过春天和冬天
阳光下面读长长的散文和短短的诗
雨夜深处编浅浅的乡村故事
给窗外每一种啼鸣的鸟雀重新命名
给小路上每一种野花找到植物图鉴
如果你来看我
就可以搭一架小秋千
在鲜活的暮色里讲讲生活如何慢下来
如何在飞快吞并乡村的城市建设里
置身事外

养 云

根据那些古老的传说
我养了一片云
在头顶，在我房屋的上方飘着
以备某个时刻我可以驾云访友
这是一个美好的时代
豢养一片云让我变得悠闲
并且有着仙风道骨的优雅
从今天开始
我可以重新回到童年
回到村童们为一朵云命名引起的那场争执
回到一片云变幻自如的任性
当我最终放弃钢铁以及霓虹
选择一片云的简单
当我最终放弃豢养其他东西
选择豢养一片柔软的云朵
我终于透过一片云
从文字的背面
看见城市从我的生活中下沉
越来越淡
终至消失不见

准 点

听父母的话，听老师的话
不玩水，不玩火，不偷懒不晚起
小学五年没缺课，中学六年没请假
遵守一切规章和制度
在大学里依旧按部就班地活着
没有激动人心的事情发生，没有逃课的记忆留下
没有疯狂过、痛苦过、高喊过、快乐过
之后中规中矩地毕业、结婚、生子
像一切书本里介绍的那样生活

现在他依旧毫不逾矩
准点起床，出门第一个路口
每天都赶上同一个绿灯
不早三秒，也不迟三秒
这一丝不苟的男人活得有滋有味

其实同样准时的还有后山的鸟雀
掐着阳光的精确数量开始鸣叫和求偶
这生物钟的准点关联天地的玄妙
与一个准点出门上班的男人同工异曲

独 行

我愿意承认自己是一个独行侠
只在旧书里活着
背着风喝酒，迎着风行走
独行者只按照自己的理想去生活
按照内心的方向绝不停步
十面埋伏的江湖里
不寻水草或珊瑚礁躲藏
只以磊落的青衫示人
太阳快要落下的时候
一座荒城泛出金子般的颜色
和一个独行侠城墙下的背影交融
作为一个独自行走江湖者
有人想，有人念，有人陪你颠沛流离
更多的人，对你咬牙切齿
而独行侠只是独行
偶尔回头对着天空笑一笑

无力感

这世上最疲软的感觉是无可奈何
无可奈何地面对十面埋伏的围剿
面对钝刀子一点点切开命运
只能睚眦欲裂地撕咬空气

面对老去，死亡，割舍……
半夜里醒来哭得无可奈何
面对庞然大物，山岳……
作为有思想的一粒微尘
多么让人心灰的惫懒
或让人心酸的荒凉
这生活里无处不在的无力感
让黑板般的内心被指甲划得吱呀作响

没有谁可以阻挡一棵树成长

我已经数过整个院落里所有的植物
香樟，玉兰，雪松，杜英以及其他九种
它们都在秋风里渐次年老
它们比很多住户的年龄更为明朗
五十年来从没有停止过缓慢的脚步
没有谁可以阻挡一棵树的成长
寒冷不能，积雪也不能
在你不能察觉的冬季
一棵树木依旧在缓慢而微量地生长
你可以看见季节深处
茶花或杜鹃，枯萎后锈迹斑斑的花朵
却看不见一夜之间
窗外的十三种植物各自长大了多少
也无法阻止它们
想到这一点你就无比颓然
莫名忧伤

世间事

不结果的花结出虫子
不结果的树结出鸟雀

将世间最浓翠的草木加上一个节令
整个秋天就正好切割成前后两半
清早醒来踩着荒草的脚步轻了几分
没有谁知道一枚露珠的来路和去处
没有谁知道不结果的花和树是否疼痛
世间事像二十四节气般有着规律
你知道下一段时光将遇见哪一个节令
并不知道将遇见什么样的人和命

称 王

在小院落的内部胸怀天下
在手植的篱笆圈内称王
这世间的灵长类
都想人模狗样地活着

喝过三两白酒
烦恼的一切便都顺理成章
被褫夺的那一部分
只在一念之间的内心便可找回

像梦里娶妻戏中称王的人
像被飞贼偷去的玉器留下空盒
你假装它还在那里
假装这日子过得无比如意
——直到有一天你真相信了这一切

吃 掉

学着别人写诗：
这饥饿的大楼没有吃掉我
这斜刮的大风没有吃掉我
这浑浊的池水没有吃掉我

对不起，这么多年
世故和圆滑都没能吃掉我
欲望和小心思也一样
在最大的困难里我一直躲在角落
那些不平的不正的不明的事物目不斜视
它们忘记了将我吞噬

对不起，这么多年
我没能做到委曲求全，没能
夹着尾巴说好话送笑脸
——像所有人一样
我依旧可以欣喜地做最初的自己
让一大群讨厌或喜欢这世相规则的人
感觉不习惯，硌得慌，难以容忍
我明了这一切，却并不慌张
作为一粒硬沙子
我暂时还没有改变儿时的主意和形状

一条褪毛的狗

像一条正在褪毛的壮年狗
在亮滑的新毛发长好之前
悄悄远离人群：敌人，朋友，陌生人
凌晨四点最好酣睡的浓黑里
它也曾汪汪嘶喊了无数年
却不曾叫醒过任何一个人：
一切世事都是虚伪的
如风中的火苗摇摆不定

我装作在认真生活

装出认真思考的样子
装出努力生活的样子
装出，用力讨好你的样子
其实我对这整个世界都心不在焉

大片大片的往事还在开着花
像文玩店的伙计在努力做旧
一个年轻的人在装作奋发上进
装作对不屑一顾的事物孜孜以求
都不容易，一个人满足很多不相干者的想法

与世界作对的人

你总说众生皆苦
而我偏要挣扎着快乐
作为一个与世界作对的人
即使牙齿松动也要咬下点什么

恍 惚

在人间打盹
在正午的阳光下一个恍惚
每一根头发上奔跑着三头斑斓猛虎
等待春天的苏醒或剃度
你本来保持旁观就好
不该参与进去
不该进入头发丝上的日常生活

世界是美好的

爱每一天的生活
柴米油盐，日常事物都有着神性
——这神性的光芒只在庸常之中
我坚信世界是美好的
它向前走，不回头
草木与人类分享这天地
它们也是美好的
一盆开过之后就谢的水仙
尤其如此，尤其美得决绝

这世界与我相关的东西那么少

剔除两代以外的表亲
剔除五代以外的亲人家人
剔除坚硬的建筑，剔除草木
剔除金钱，名声，可有可无的朋友
剔除随时可能离你而去的外物，
这世界与我相关的东西这么少

少到我不得不紧紧抓住那仅剩的
不愿被剔除的事物
像抓住自己的体温，相依为命

我到过中国的十万寸土地

钢铁怀孕着六百个旅行的人
穿过河流、穿过大山
我便也仿佛穿过了河流和大山
在母亲肚子里走过的地方
胎教般印象深刻又恍惚遥远
就像这么些年，隔着高铁的减速玻璃窗
我到过中国的十万寸土地

故 事

巴掌大的江湖里点着灯腾挪
雾气越来越浓，最后吞掉了夜色
时光深处的隐约故事写到纸上

种花的人头发绵长，袖口里飞出大群蝴蝶
他来自大海深处，怀揣活人无数的仙芝
这是确凿的事，东海有岛名蓬莱

阳光真美真透彻，只有远处看不真切
远处的岛屿有着心事，关联丹药与帝王之命
——雨后初晴的上午尤其如此

独木舟，木筏子，庞大的帆船本身就是神话
老人困于禁口的术法，天机只他自己知道和保管
大人物坐拥天下的金、木、水、火、土和更多

大人物并未学会五行遁术，从秋风末尾逃离
汹涌的天地穿过花前酒、宫廷乐，咬着白发不放
仿佛只等天冷下来，漏网的石头随时将面临雷劫

只有仙山可以挽救一个物种的私心或共同心愿
而蓬莱在东海怀揣心事不说话

只在迷雾之外传出隐约的马嘶与鹤鸣

隔着小片海水或半盏灯火
求仙的少年听得真切，却触摸不到它
端坐于夜色婉约处与岛屿上的风对视九百年

而蓬莱打开阵法，现在改名岱山
你知道迷踪的少年一定隐瞒了什么
并没有说出全部的实话

背 景

面朝无边的潮涌保持沉默
我不骑飞舟去看恬静的海
不随飞鸟去听彪悍的海
海边的万物都比一个看海的人更宏大

来自南方山区的肉身爱上普陀水仙
我惟一的靠山和背景是黄土的重
可是大海比黄土更深更厚
大海是黄土地上的人对来路和未来的选择

现在我不歌颂渐次苍茫的大地
只向金黄色的海水致敬
月亮即将被深黑色荡漾
我的背景是大片大片湿润海沙的总和

向大海表白

这么多年一直爱着你，爱着你的神秘
渔获，珊瑚礁，浪花堆积，海螺壳的细纹
爱着大海本身的诗意和深邃

我穿过两千里陆地去爱着大海
一路带着尘土味、潜水的幻想，高大的内陆植物
直到看见海水的瞬间又用全新的情感洗净它们

现在我也知道海洋的咸和涩，知道深沉的苦
对着沉船和白沫堆叠的腥味保持平静
选择岛屿边缘的丰饶也选择大海急性子的凌辱

现在我要对着大海说爱
完整地爱着一方水土及其全部的美和痛
这一见钟情的爱说得轻声但决绝

作为形容词的孤寂吞不下它
作为名词的光线缝不住它
作为动词的大风吹不走它

在万佛岩

秀延河窘迫的流水养活着
两岸九十里向日葵、九百亩苹果和桃李
还有浆液丰富的葡萄，阳光充足的玉米
它们哪里索取来这么多水分和甜蜜
让半座县城的人们取得果腹之食
（请原谅一个外来者临时想到了母亲干瘪的乳房）
在子长，或安定，所有叙述沿着河流展开
河流往上，姓名更古，汾川有自己的容貌
一万尊古佛背靠大山和岩石
抗争风雨、沙尘，抗争时间里颠沛的命运
我来看你，穿过三千里山河
穿过赣西的葱翠和陕北的风
我来看你，让梵音流转于千年的建筑
江南的心思，此时绝无空间的差异
在一大群黄土高原的子孙里
你短时间找不出我

想 着

临睡前又披衣而起给客厅里的水仙浇水
记住它即将绽放的洁白模样

合上书本又打开，标记其中的三行文字
让它们烙上一个读者的印记与体温

我走过每一条街巷看见嘴角含笑的女子
都会莫名心软莫名欢喜
天地间所有的文字和事物都是美的
只因为它们有一部分关联着你

而我在纸上写春天总是写不完整
只因为我深夜里依旧想着你
而你隔着半座城市在安睡

临水而居

七月的清晨山谷间起了薄雾
从涧边汲水回来
你着裙装的身影让我痴迷
在淡白色氤氲中随风飘舞
我总担心晨风将你吹走
到山顶，到天上
那些都是你熟悉的地方
而我长期生活在没有雾也没有水的地方
与泥土和庄稼为伴
只有这次，在转角处遇见旧时光
遇见一整个夏夜最柔软的清凉
才找到临水而居七月的美
找到被薄雾笼罩在山谷的自己

归 还

我们临水而居
朝夕陪伴，相互温暖
这两两相望日落而息的日子
我觉得很幸福可你说不
你突然说不
突然让梦想窒息或折断
没有谁可以告诉我偏离最初从哪里开始
没有谁对一阵风的停止作出预言
就如无人曾预知这一阵风的抵达
好吧，我将这幻想的一天当成奢侈
当成向上天借来的时光
现在我将它原状归还
在此期间，我已赢得良久的安详

只 要

不知名的小黄花，我也爱着你
只要长在我贫瘠的荒地上
只要被她捧在手里

夹竹桃：微毒

那个时候
我们漫步在校园
时间总是很多
夜色的微光泛着香味
我告诉你
那些是含笑
这些是刺槐
而那些衬着你白色连衣裙的粉色
叫作夹竹桃
书上说
夹竹桃：微毒
如同我们的爱情
如此美丽
而且一切细节都没有缺陷
——只是带着微毒
让醉倒在醇香之后的回忆
有一点点的苦

桃花酿

小仇人，我们去樱花大道看梨花吧
快一点，要跟上蚂蚁的步伐
去年春天封存的桃花酿
你先尝一口我再喝
——我忘了告诉你，毒酒也会很甜

离美好最近的

离梅花最近的是三月的蚯蚓
最早知道春天，知道清晨的阳光
知道一树梅花开出第一瓣
它们的歌吟，也能肥沃一个养花者的瓷盆
你相信所有洞穴都是垂直的
死亡也是如此
相信一个穴居京城的人还记得唐朝的雪
有着垂直的生活和视角
窄仄而乱的小胡同已经不称为胡同
如充满油脂和血栓的细血管
有人向往有人深表怜悯之心
这真是奇怪的事情
一个边远山村的来客
怜悯京城里活着的人
那么自然而真诚
仿佛泥里的虫鸣
怜惜一树只开两天就落的繁华
这一切都离美好那么贴近

尖

我的感冒是尖的
在夜晚十二点的北京让人辗转不眠
三五种药丸混杂进胃里
将尖锐的疼和晕磨钝一些

在宿舍的隔壁，另外二十个同学
他们的感冒和烦躁也是尖的
这细而锐的事物
在厚重的陌生感之中扎出了一个洞
彼此窥视，各自安稳
毕竟，我们有着感同身受一致的痛

奔 跑

走在路上的人看见无数车辆拼着命奔驰
又在前方的路口不早一秒也不晚一秒
被一盏红灯拦截
你也是这潮水中一朵细微的浪花
从来不知道最终将抵达哪里
只是依着惯性在路上跑着就好
就像一个人活久了
已经将活着当成习惯
没有时间去估算河流将在什么地方戛然而止

毕业那年

这一小撮人正准备助跑
开出一路繁花
不留神处，死亡也蓄势待发
阻截一段咬紧牙关的前行

各奔东西的五十四个人
现在每一个都是寂静的

掌 心

往大处说，我们对这世界一无所知
十二月，三月，收获的九月
每一处都可能成为我们此行的终点
积雪覆盖的荒野里，也能踩出繁茂的路

你究竟要什么，一百个人里九十九个不回答我
掌心里开花掌心里结果
掌心里没有任何人握得住一个世界
冷风一吹就吹老了一个人
暖风一吹，能否又将他吹得活过来

扮演强悍者其实最脆弱
他强不过一无所知的那部分
强不过一片荒野转眼成了工地
一大片树木，在最好的年岁抵达终点
不愿逆来顺受的人住在别人的掌心里

用 完

此时，你以悲凉的态度看着桃花开、梨花开
看着很多种植物错认季节用尽力气寒冬里开花
它们身体内部住着一座刻板的时钟
像你的头顶住着一场初雪
十一月即将过去，两只蝴蝶没有完成产卵和死去

此时，视线所及之处荒凉如初、冷暖并存
你分不清坟茔的轮廓与枯草之间的界限
它们同样湿，同样冷，同样在寂寞的下午
颓然松手。不再等明天的阳光
明天的阳光真暖啊，可是你的热情已经用完

忍 受

你不是独自在忍受沉重
荒地上枝条折断流出的汁液也是
独自乘飞机到南方的鲜切花也是
吱呀作响的老家具
它们不说话，但你知道肯定也如此

定 格

夜行人，远处的灯塔已熄灭
请继续前行，保持右手在胸口
立夏之后腐草为萤
发光的空气是暗处流行的美好
总会有人在闪烁中定格
拖着长长的尾巴
为五月描绘出相互拥抱的可能

一 半

一半在死去，一半正新生
流水中被穿凿的石头
腐木旁正长大的树木

那些腐烂得彻底的部分也不例外
蘑菇长得急促而鲜美
沉默的山岭蓬勃而旺盛

这世间相互依存的陌生感
如菜园里分区明显的韭菜畦
一半被采割一半待生长

一个人

一个人傻笑，一个人逛街
一个人看电影，流泪也是单方向的
一个人吃麻辣烫
用力将整根面条夹断成两段
一个人对着火锅
将喜怒哀乐狠狠地涮两遍然后吞下去
一个人走路，一个人说话
一个人抱着自己的肩膀入睡
一个人突然拥有了一整个世界

育婴巷 1 号

在育婴巷 1 号你找不到我
也找不到育婴巷 2 号
集体户口是个旧词，旧门牌
旧楼房仅供新考入的职员周转
仿佛身份证上的地址从天而降
仿佛整条街巷都是从天而降
掐头去尾，面目不详
正如挂在育婴巷 1 号的九十九个人
他们都自足，小心翼翼，明哲保身
整座城市里最拘谨的一群年轻人
都佝偻在这里。在育婴，巷，1 号。

一 天

太阳升起才是一天的起止符
阳光是秋深处最美最重要的事物
有了它，银杏才黄，时间才慢
作为镀层的美好才出现于万事万物

夜色深处，光明伟大的喷绘同样变得漆黑
并不如我想象中那样发出金子般的光芒
这一个晚上你终于明白，大词与小词
存在于同一个现实

初 冬

所有深夜不睡的人都是坏人
虔诚地跟秋天进行告别
栾树多子，多灯笼，在夜里永不迷路
更远处的山上油茶是霜降后的流浪儿
晚风姓北，在发源地等待出征

所有花木列队而立，挥霍仅存的磅礴
同样的清凉有不同的表达
我不做夜间的石阶，只喜欢浅水澄澈
荒草将枯，泥土将泞，天色将黑……
立冬之后，清白者将屈从他们中的一个

有离弦的箭射向远方的伤怀者
搬过三次家的人再次踏上无休止的迁徙
裹一裹单薄衣衫吧云层里已有什么睁开了眼睛

各有各的命运

你说到山岭
说到一个庞然大物的起伏
说到白雪
说到被雪覆盖和等雪的那一部分
这冬天的故事没有固定讲法
命运只在唇齿碰撞之间
而立春将到
一场更加庞大的春雨东风
没有差别地吹拂大地：
大地上的事物有的被眷顾，有的被摧残
它们各有各的命运
并不预先设置规律

时间大多数时候并不重要

一个女人害怕别人的赞美：
年轻的时候你肯定是个美人
像惯于冬眠者被突然带入阳春四月
坚硬的内心土崩瓦解

时间大多数时候并不重要
但小部分时候它就是唯一
一个伫立于春天末尾的人唯靠时间
保持此生仅存的骄傲

甚至来不及给一些事物命名
一夜风雨过后一切便都不同了
有枝头微露的果实
取代女人之美和禅佛之味存在

朱漆大门后并无终日虚掩的清冷

深夜归来银杏泛出孩子般的光亮
它尚未百岁，很老也很蓬勃
活着的化石疗治经络堵塞的疼痛
北京城里每一棵大树都遒劲
与根系深处的土地异曲同工

作为理性多于感性的一小部分人
感觉林立的楼宇比林立的树木更美
在夜晚来临后睁开九十九双眼睛
每一个角度，都是不同的光景
此刻我在国子监大街走过

这朱漆大门并不终日虚掩和清冷
院落里可以容纳花鸟虫鱼，各自生长
肤色各异的人操着不同口音
都被一座方正的城池所接纳和怀抱

打开大门的古老宅院葆有旧气息
也繁衍着西装革履的脚步匆匆
每一步，都是摩肩接踵的繁华
新品种的草木，同样在老胡同里发芽开花

傩面具

向自然祈祷而非向天
旷野的风中是神也是兽
有力量就好。人神指向同一个圆点
有妆容没妆容，点香烛不点香烛
不一样

跳舞吧跳舞吧，戴上突眼的面具
你不进入其中便不能沟通天地
小说里的楚巫揣着秘密深藏山谷
傩，傩傩，傩傩傩
石质木质青铜质的狰狞
在刀斧斫凿中呈现
你求而不得的一切
寄望于此

春天里轮流坐庄的色彩

春天里的色彩并不固定
像一个试衣服的女子
紫玉兰刚刚换上，粉杏花又披起
梨花的纯白也让少女欣喜
只有金黄色，被更长时间穿戴
这世间对金黄的喜欢
并不仅限于女子
还有整个春天的植物也是这样
粉嫩的柔美每个人都爱
遗憾时间改变她们，专宠的局面无比凶险
春天里轮流坐庄的色彩
只有金子般的黄更长久稳坐钓鱼台

等 你

菜花在田里等你
杏花在枝头等你
美人在花丛深处等你
骑瘦马的人，热心肠的侠客
整个春天在等你赴约

嫩芽在土里等你
桑蚕在墙角等你
美丽在东风末梢等你
有故事的人，婉约派的诗人
所有细节在等春天离开

春天落叶的香樟并不觉得难为情

三月的东风绕过一口池塘
绕过大片大片的桃花林
紫玉兰一面粉紫一面雪白
它梨形的花朵让人羞涩
整个春天的荒野上
只有樟树落着满地的叶子
落得越来越多，越来越快
让深呼吸的路人头脑清醒
对于这些，对于与众不同的落叶
它并不觉得难为情也不遮遮掩掩
仿佛世界本就应该如此

提 醒

山涧边的鹧鸪
且借我三两声啼鸣
这世间正少了些忧愁
需要我们去提醒

寻

流水凝固成玉
而草木啜饮着时间成珍珠
为着有一天你终来相看
沙砾坚持为沙砾，总都不变样
只等修行世界里闭关万年的男子
一路寻来，捡拾三万年前失散的伴

虚 幻

云追赶云中的人
鱼跟随水上的影子
而朴素的菜蔬
牢记着雪白的盐
粗粝或细腻的盐是一个流放者的命
是一个恋爱者仅存的相思
亲爱的 2018 年，我深情地爱着你
却不知道该爱你的哪一部分

据说老虎也这样

四月东风，五月桃李成熟
你以异乡的心态长居在故乡
老宅子，或者宗祠
在上一个雨夜败退于挖掘机
四百五十年年来累积的灵魂层层叠叠
千百个祖先的身影无处安放
暴雨来得快千万也要去得快
而草木不管这些，它们只关心气温
关心一天之内生长的速度
它们希望一天能够拔高两尺
时光日渐美好
你相信醉与梦之间
矮门之外有人影憧憧
伤口无关对错，很多痛来源于想象
就像皱纹，仅仅因为时间
而与沧桑以及辛劳没有任何关系
没有谁相信你将成为诸侯，或帝王
只有自己深信不疑
这些年，你已经习惯了独来独往
据说老虎也这样

晚八点还在耕种的人

再见，田野里最后一个人
这夜晚八点的风
是供给庄稼纳凉催眠的
我们不可以再打扰他们
再多的劳作与抚慰都应该留给明天
留给阳光明媚的上午
现在我们应该收拾农具回家
或在月下安坐
晚归的人，你独自一个晚归的人
无法挽回黑夜的到来
在这片夜色笼罩的田野上
不应该有虫蚁之外的生物
偷看一朵花的开放或一片芽的舒展
我必须重申——
晚八点还在耕种的人
你的勤劳与艰辛让我如此痛恨
并带着隐约的疼

庄稼也是我们的祖先

向过往的沉重和当下的现实表达尊重
向祖先与庄稼表达同样的恭谨
我们的祖先一直在心底
在地里沉睡多年
只有庄稼离他们最近
庄稼是我们的另一个祖先：
敦促我们的辛劳并供养我们
对它们，你保持应有的敬意
保持弯腰或近似匍匐的姿势
它们那么率真又那么执拗
拥有祖先所拥有的睿智
拥有祖先所不能给你的对饥饿的抵抗力
只有庄稼才深知，并转告于你：
没有骨头的事物似乎最有力量
没有骨头的事物永无法站直身体
无法站直身体与你交谈，或平起平坐
我愿意引申——祖先与庄稼
过往的传统与现实的需要
文化之美与现实之物
但我更愿意告诉你——祖先与庄稼
就是本意的祖先与本真的庄稼

各安天命

暮色在晚七点依旧隐隐约约
接下来的夜晚可能还会来得更迟一些
这意味着，随夏天的深入
属于内心的时间越少了
我确信，一棵树始终高于我们
不论它是站立还是躺下
一棵树高于一群人是它的宿命
——包括高处的风和雨，鸟雀和虫鸣
一个人与另一个人也是如此
到后来已无法分辨
谁让谁更加沉重
谁让谁变成忧郁的守望者
等春天的一杯雨水解渴
生活认领了一群迷路的孩子
认领了一段无力看穿的故事
而不是相反，不是迷途者认领生活
七月的云朵下
我们，各安天命